ALEXIA:

¡Los planes de esta niña responsable, curiosa y un poco mandona sacan de muchos líos a Los Atrevidos!

TASI:

El hermano pequeño de Alexia es travieso y divertido, y siempre sabe sacar una sonrisa a los demás, ¡incluso en los momentos más difíciles!

FLORESTÁN:

Por las noches, el genial entrenador de emociones llega en su barco y pone a prueba a los niños. ¡Atrévete tú también a ser un campeón en las Olimpiadas de las Emociones!

ROCKY:

Cariñoso, leal y un poco gruñón, el mejor amigo de Tasi habla humano por las noches. Y a veces se mete en unos líos…

El Taller de Emociones presenta

LOS ATREVIDOS
¡AVENTURA EN ROMA!

Elsa Punset

Ilustraciones de Rocio Bonilla

Soy especial…, soy especial.
No me comparo con los de-
más, ¡porque no soy como nadie!
Hablo, canto, corro y río
a mi manera.
Y a ti, ¿qué te hace especial?

¡Era su primera noche de vacaciones en Roma! Alex, Tasi y su prima Anchoíta charlaban en la terraza de la casa del tío Bruno, el padre de Anchoíta. La cena con la que habían celebrado su llegada había sido increíble: pizzas y más pizzas, y una montaña de salsa de tomate de la que escapaban algunos espaguetis. Y cuando los niños ya no podían más, llegaron los helados, y como estaban deliciosos… ¡pues «pudieron» otra vez!

—**¡Los mejores helados del mundo son los de Roma!** El mío era de coco y chocolate, **¡bueníííííísimo!** —afirmó Alexia.

—**¿Cómo lo sabes? ¿Has probado todos los helados del mundo?** —preguntó Tasi, bromista, mientras rascaba la barriga de su perro Rocky.

—Anda, listo —contestó su hermana mayor—. Y tú, ¿has visto todas las manchas de tomate que tienes en la camiseta?

Tasi protestó.

—No es mi culpa. Intenté quitarlas, pero el baño del restaurante estaba encantado: buscaba el jabón y se encendía el grifo. Me apartaba, y un chorro caliente me despeinaba y me hacía arder las orejas. ¡Salí corriendo, casi espantado, sin lavarme ni secarme!

Alexia y Anchoíta reían con ganas. A sus pies, Rocky y Píxel, el perro de Anchoíta, se miraban de reojo, porque casi no se conocían.

–Por cierto, Tasi, ¿te has tomado las vitaminas esta mañana?

–No he tomado las *vitaninas* porque estaban en la *naleta* –dijo Tasi, bostezando.

–Pues ya sabes lo que ha dicho mamá: **nos dejaban ir de vacaciones a Roma si eras responsable y tomabas tus vitaminas...**

A Tasi se le cambió la cara.

–**Mamá no está aquí** –dijo con tono desafiante–. **Aquí no manda.**

De repente, el ambiente pasó de ligero y divertido, a pesado y tenso…

–¿Eeeeh? –dijo Anchoíta, abriendo mucho los ojos–. **¿Qué te pasa, te has convertido en Tasi-El-Rebelde-Que-No-Sabe-Por-Qué?**

–Más bien en **Tasi-El-Que-Tiene-Celos** –suspiró Alexia–. Desde que nació nuestro hermanito Max, Tasi está de muy mal humor…

–**¡Pero si es moníííííísimo!** –exclamó Anchoíta–. ¡He visto fotos! **¡Tan gordito y tan bonito! ¡Mmmmmmm! ¡Dan ganas de comérselo!**

La cara de Tasi se avinagró un poquito más…

–**Pues por mí, ¡te lo puedes comer entero!** Chilla por las noches, babea, vomita… ¡y además huele fatal! No sabe reír, ni hablar… Yo ya no puedo jugar con la pelota en casa, **¡y encima no dejan que Rocky se acerque a la cuna!**

Rocky levantó las orejas y dio un gemido fuerte para mostrar que estaba muy de acuerdo con lo que decía Tasi.

–**¡Y todo el mundo habla raro con él!** –añadió Tasi, excitado–. **¡Parecen tontos!** ¡Cuqui, cuqui… caca, caca… cucucucú!… **¡Uuuuchiiiiii!** ¡Y encima, papá y mamá están siempre medio dormidos! ¡Menudo visitante! ¡No sirve para nada! –remató mirando al suelo con cara de pocas bromas.

–¿Estás celoso, Tasi?... –preguntó la prima Anchoíta mirándolo con un destello en los ojos. Estaba a punto de bromear sobre el nacimiento del bebé, pero entonces vio que a Tasi se le llenaban los ojos de lágrimas. Así que dejó de rascar las orejas de Píxel, se incorporó en el sofá donde estaba tumbada y le puso la mano en el hombro a su primo favorito.

–**Vamos, Tasi, no te pongas triste, ¡que ahora estamos de vacaciones en Roma! ¡Nos lo vamos a pasar genial!** Y cuando regreses a casa, seguro que Max habrá crecido y se portará mucho mejor. **¡Verás como sí!** –lo animó Anchoíta.

Tasi tenía un nudo en la garganta y no pudo contestar nada.

–Ojalá tengas razón y las cosas vuelvan a ser como antes –dijo Alexia con un suspiro–. Pásame una manta, porfa. **¡Qué suerte que el tío Bruno nos haya dado permiso para dormir en la terraza! ¡Qué chulos son los tejados de Roma!**

La luz de las estrellas resplandecía en la noche de terciopelo negro. La tranquilidad de la noche solo la interrumpía el bocinazo de alguna motocicleta en la calle y los gritos de las gaviotas en el cielo. Los niños se acurrucaron en silencio bajo las mantas mientras se iban quedando dormidos…

De repente, Rocky empezó a ladrar muy fuerte.

–**¡Me has despertado!** –exclamó Alexia, sobresaltada–. **¿Qué pasa, Rocky? ¿Qué dices? ¡Más despacio!**

–**¡Pero cuándo aprenderéis a hablar perro!** –protestó Rocky que, como cada noche de aventura, hablaba en humano–. Y eso que los humanos os creéis los más listos… **¡Mirad allí arriba!**

¡Un gran barco con las velas desplegadas al viento flotaba sobre sus cabezas!

–¡Es el **Barco de las Emociones!** –exclamaron Alex y Tasi excitadísimos–. ¡Florestán ha venido a buscarnos para hacer una prueba en las **OéOé!**

En ese momento, una voz algo chillona e impaciente retumbó en el cielo:

–¿ESTÁIS AHÍ, ATREVIDOS?

¡Era la señal que todos estaban esperando!

–¡**A** de Alexia!… **¡y de Anchoíta!** –gritaron de inmediato las niñas.

–¡**T** de Tasi! **Y esta noche, ¡he traído mi medalla de campeón contra los miedos, Florestán!** –gritó también el pequeño, sacando una medalla de su bolsillo y agitándola hacia el cielo con las dos manos.

–¡**R** de Rocky! –ladró el perro, con la boca bien abierta.

–¿Qué pasa, qué pasa? ¿Qué es esto? ¿Nos invaden? –exclamó Píxel, que se acababa de despertar y no entendía nada de nada...

–¡Pero si ya te lo había contado, Píxel! **Florestán:** supergaviota guía de las emociones. **Atrevidos:** niños y perros que se atreven a entrenar sus emociones en las **OéOé**, las Olimpiadas de las Emociones –le resumió Anchoíta a toda prisa y sin bajar la vista del cielo.

La voz de Florestán retumbó de nuevo:

–Vamos, vamos, subid aquí, ¡que llegamos tarde! ¡Ya sabéis que en las noches de Olimpiadas tenemos que regresar a casa antes del amanecer!

En unos segundos, todos, incluido Píxel, habían trepado por la escalerilla hasta la cubierta del barco. ¡La alegría del reencuentro, los abrazos y las conversaciones llenaron de ruido el silencio de la noche!

Florestán los miró con atención y murmuró, sacudiendo la cabeza como si se hablara a sí mismo:

–Madre mía... Estos niños crecen y se multiplican como las setas o los champiñones...

Entonces pidió silencio y anunció en voz bien alta:

–¡CHAMPIÑONES! Digo... ¡ATREVIDOS! ¡Bienvenidos todos!

Esta noche he venido a buscaros para entrenar una emoción que os está dando un poco la lata últimamente. Me refiero, naturalmente…, ¡a los CELOS!

—Ah, claro, los celos… ¿Pero qué son? ¿Para qué sirven? —preguntó Tasi.

Florestán levantó una ceja, rebuscó en su mochila y sacó un diccionario bien gordo.

—A ver… CELIDONATO… CELIDÓNICO… No, no, no, esto no es —murmuró, y se chupó una pata para seguir pasando páginas—. CELINDRATE… CELLISQUEAR…Tampoco… A ver… Ah, sí, ¡aquí está!

Y leyó despacio:

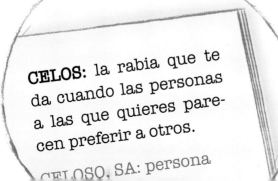

CELOS: la rabia que te da cuando las personas a las que quieres parecen preferir a otros.

CELOSO, SA: persona

—Y también —añadió—: Cuando deseas tener algo que no es tuyo.

—Pues de eso algunos de nosotros no tenemos —aseguró Anchoíta moviendo con energía la cabeza de derecha a izquierda—. Lo siento, Florestán, ¡pero me parece que esta noche has venido para nada!

—Pero ¿qué dices, querida niña? —replicó Florestán asombrado. Guardó el diccionario y rebuscó un poco más en la mochila, hasta encontrar una bola de papel arrugada, que alisó cuidadosamente.

—Yo NUNCA hago las cosas porque sí —advirtió un poco molesta la gaviota, agitando el papel—. Esto es un telegrama que he recibido hace unas horas, y aquí dice muy cla-ri-to:

REQUETEURGENTE-STOP-IR A ROMA ESTA NO-CHE-STOP-LOS ATREVIDOS TIENEN CELOS-STOP.

—Son ÓRDENES de la Organización —insistió muy serio—. Volvió a hacer cuidadosamente una bola con el telegrama y lo metió en la mochila mientras murmuraba: «¡Ar-chi-va-do!».

—Y ahora, arreglemos este asunto. ¿Quién de vosotros tiene celos?

–**Tasi tiene celos, por el nacimiento de su hermanito** –aseguró Anchoíta muy segura–, pero el resto no.

–**¿Solo Tasi? ¿Seguro?...** –preguntó Florestán mirándolos con los ojos muy abiertos. Tasi protestó un poco y los demás Atrevidos tosieron incómodos y se miraron de reojo...–. **¿Vosotros nunca tenéis celos?** –insistió Florestán–. **Mmmmmm... Bueno, ¡pues vamos a comprobarlo!** En Roma es fácil, ¡porque tenemos la famosa *Bocca della Verità*!

–**¿Qué es eso? ¿Qué dice AHORA?** –preguntó Tasi.

–**Habla en italiano** –explicó Anchoíta–. **Es como el español, pero se pronuncia como si hablaras cantando.** Florestán se refiere a la **Boca de la Verdad**, una atracción muy famosa aquí en Roma.

–Efectivamente –dijo Florestán–. La **Boca de la Verdad** es un monstruo de piedra. **La leyenda dice que si metes la mano en su boca y dices una mentira, ¡te la devora!**

–**¡Anda ya!** –dijo Tasi un poco nervioso.

–**¡Hay que tener mucho cuidado!** –aseguró Anchoíta–. **¡Esa Boca de la Verdad es peligrosa!**

20

–¿No crees que te estás pasando un poco, Florestán? –protestó Alexia, abriendo mucho los ojos.

En ese momento, una gaviota subida al mástil del barco gritó con voz cantante:

«¡PIAAAAAAZZZA DEEELLLA BOOOCCCA DEEELLLA VERI-TÀÀÀÀÀÀ!»

–¡Seguidme! –ordenó entonces Florestán.

Y todos se deslizaron por la escalerilla del barco y aterrizaron sobre la acera brillante de una pequeña plaza de Roma, muy cerca del río Tíber.

La **Boca de la Verdad** estaba frente a ellos, en la pared de una bonita iglesia. Era realmente un monstruo de piedra, con ojos redondos que los miraban fijamente, pelos enmarañados y una boca oscura de la que no se veía el final…

–Hemos llegado –anunció Florestán–. Ahora sabremos por fin si cuando decís que no tenéis celos, mentís o decís la verdad… ¿Quién mete la mano primero?

–¡Yo no! –exclamó Alexia dando un paso atrás–. **¡Porfa, Anchoíta, empieza tú!**

Anchoíta puso cara de **«No sé, no sé»**, suspiró un poco, se hizo de rogar un poco más… Pero, finalmente, aceptó ser la primera.

Con mucho cuidado, fue introduciendo su mano, lo más plana posible, en la **Boca de la Verdad**. Primero introdujo solo las puntitas de los dedos… Alex, Tasi y Rocky contenían la respiración. Poco a poco, la mano de Anchoíta fue entrando en la boca oscura, cada vez un poco más, hasta que, al fin, toda su mano desapareció dentro de la boca…

–**¡Parece que no pasa nada!** –susurró Tasi–. Parece que Anchoíta va bien…

¡Dichosas palabras! En ese mismo momento, como si alguien tirase de la mano de Anchoíta desde el interior de la piedra, desapareció por completo el brazo de la niña. ¡Anchoíta quedó pegada a la pared, luchando por sacar su brazo del monstruo de piedra!

–**¡¡¡¡Ay!!!!** –gritaba muy asustada–. **¡¡¡¡Ayudadme, por favor!!!! ¡La Boca me está devorando! ¡¡Socorro!!**

Tasi y Alexia se precipitaron para ayudar a su prima, y empezaron a tirar de ella mientras Rocky ladraba sin parar…

–**¡Ayúdanos, Florestán!** –gritaron los niños.

—¡Basta ya de tonterías, ANCHOÍTA! —ordenó la voz firme de Florestán por encima de todo aquel lío tremendo.

Anchoíta dejó de gritar de repente y se volvió hacia sus primos. ¡Una enorme sonrisa llenó su cara traviesa mientras agitaba sus brazos y sus manos!

—**¡Os he engañado! ¡Os he engañado!** —repetía emocionada—. ¿Pero no os dabais cuenta de que estaba bromeando? La **Boca de la Verdad** es una estatua de piedra, ¡no un monstruo! Por favor, chicos, ¡no puede comerme!

Píxel se partía de risa. Alex, Tasi y Rocky no sabían qué cara poner, pero al final se les pegó también la risa.

—**Florestán** —dijeron los niños—, dinos la verdad, **¿por qué nos has traído aquí?**

—Para que podamos hablar ante la **Boca de la Verdad** de lo que sentís realmente, claro está —dijo él—. ¿Por qué decís que solo Tasi siente celos de su hermanito? ¿Acaso a ti no te fastidia, Alexia, cuando la profesora felicita a otro niño de la clase? Y tú, Rocky, ¿no pones cara de *más perro* cuando ves a otro colega con un collar más chulo que el tuyo?

–¿Y qué cara quieres que ponga? ¿De gato? ¿De sardina? –protestó Rocky.

Todos rieron, menos Píxel, que miraba a Rocky con cara seria…

–¿Y tú, Píxel, por qué no te ríes con los chistes de Rocky? Tampoco tú te escapas, Anchoíta. Dime que no pensaste que Alexia y Tasi iban a querer más a su nuevo hermanito que a ti…

–Lo que pasa es que a todos nos da un poco de vergüenza tener celos –dijo Alexia, cabizbaja–. Por eso no te queríamos decir la verdad.

–¡Pero si los celos son de lo más normal! ¡Todo el mundo siente celos alguna vez! –aseguró Florestán–. A todos nos da miedo no ser tan queridos como los demás, o que los otros tengan cosas más bonitas que las nuestras. ¡Por eso nos ponemos celosos! Lo malo de los celos es que te hacen sentir rabia y mal humor. ¡Sacan lo peor que llevamos dentro! Pero tranquilos, ¡porque esta noche vamos a aprender a superar los celos!

AVANTI! ANDIAMO TUTTI!

26

Mientras el grupo caminaba rumbo a la prueba, Florestán explicó:

–Vamos al Coliseo, que es como un teatro al aire libre. Los romanos lo usaban para luchar y competir. Y la prueba de esta noche va a consistir justamente en una competición entre dos grandes campeones del grupo de Los Atrevidos.

Inmediatamente, se desató un coro de protestas muy ruidosas…

–¿Cómo que solo dos campeones? ¡Hala! ¿¡Y eso por qué!? ¡No es justo!...

Pero todas las quejas se apagaron
cuando frente a ellos apareció el Coliseo,
un edificio redondo, enorme…
–¡¡Oooh!! –exclamaron Los Atrevidos,
impresionados.

—**Ojo, chicos, que le falta un trozo** —dijo Tasi, observando con atención—. Yo aviso porque a ver si después alguien dice que lo hemos roto nosotros…

—Tranquilo, Tasi, el Coliseo es un edificio muy antiguo y los años lo han dañado un poquito… —explicó Florestán—. Entremos…

En el centro del Coliseo había un gran campo de arena.

—Aquí, en la arena del Coliseo, es donde durante siglos han competido gladiadores y animales salvajes. ¡Tremendos espectáculos ha visto, os lo aseguro! —dijo Florestán—. Pues bien, para disfrutar del espectáculo necesitamos que haya mucha luz… —Y Florestán dio palmadas con las alas. Con cada palmada, la luz de la luna fue cada vez más fuerte, ¡hasta que iluminó toda la arena!

—Bien —sonrió Florestán satisfecho—. Tenéis unos minutos para rebuscar en las mazmorras del Coliseo y equiparos como si fuerais a participar en una competición de la Antigua Roma. Los que mejor se equipen serán nuestros dos campeones. ¡Nos vemos en la arena cuando suene mi trompeta!

Y claro, Los Atrevidos salieron corriendo a prepararse. Por cierto…
¿PUEDES ENCONTRARLOS?

¿DÓNDE ESTÁN LOS ATREVIDOS?

Pasaron unos minutos mientras los Atrevidos buscaban qué ponerse para la competición. De repente, en medio de las risas, los gritos y las prisas, sonó la trompeta de Florestán.

–¡ATREVIDOS! –gritó–. ¡Id a la arena! ¡Empieza el espectáculo!

¡Todos corrieron de un lado para otro intentando encontrar la salida a la arena!

Entonces, por cada punta de la arena del Coliseo, aparecieron dos imponentes gladiadores con cascos relucientes. Uno iba cargado con un gran arco y una extraña flecha con una bolsa en una punta. El otro gladiador arrastraba una pesada red. Todo el público, ya en silencio, miraba entre sorprendido y emocionado aquella escena. ¡Volvíamos a la vieja Roma, y la competición entre dos grandes y forzudos seres iba a comenzar!

Entonces, un grito de sorpresa recorrió las gradas: ¡los gladiadores avanzaban a cuatro patas hacia el centro de la arena! ¡Pero si eran Rocky y Píxel!... ¡Solo parecían grandes gladiadores por las sombras y contraluces del anochecer!

De repente, sin esperar ninguna señal, Rocky, nervioso, arrojó con todas sus fuerzas la red lo más lejos posible hacia Píxel. Sin embargo, le fallaron las fuerzas, ¡y la red le cayó encima a él! En lugar de luchar contra Píxel, Rocky se fue enredando en la red con cola, patas, orejas y dientes...

Con toda la tranquilidad del mundo, el gladiador Píxel puso la flecha en su arco y la lanzó contra aquella red en movimiento. ¡Una nube de polvos blancos cayó sobre Rocky! Se oyó un pequeño ladrido... ¡y la lucha terminó con un claro vencedor!

El público aplaudió entusiasmado, y un grito unánime de «PÍXEL, PÍXEL, PÍXEL» retumbó en todo el Coliseo.

Alexia y Tasi llegaron corriendo a la arena para rescatar a Rocky. Una cabecita blanca salió de debajo de la red…

–¡Qué vergüenza de amigos! ¡A mí no me apoya ni me quiere nadie! –protestó Rocky, furioso y apenado.

Mientras tanto, Píxel y Anchoíta daban la vuelta a la arena saludando al público…

—**Y todo porque Píxel es el nuevo y, claro, ya se sabe que los nuevos siempre son un 10** —gruñó Rocky, mirándolos con cara de pena.

Entonces Florestán le dijo:

—Rocky, ¡hay muchas maneras de ganar!

—**¿Cómo?** —gruñó Rocky, dolido y malhumorado.

—A ver… —le contestó pacientemente Alexia, mientras ella y Tasi le quitaban los polvos de talco—. **¿Lo has pasado bien hoy? ¿Te has divertido? ¿Has aprendido a ser un mejor gladiador? ¿Ha valido la pena salir a la arena con este magnífico casco?**

—**Sí, claro** —reconoció Rocky.

–¿Y lo valiente que has sido? ¿Y lo que te has esforzado? –insistió Tasi–. **¿Eso no merece un 10?**

–Tal vez tengáis razón… –dijo Rocky, más animado.

–**Pues entonces... no te fijes tanto en lo que hace Píxel... ¡y disfruta y saluda tú también al público!** –exclamó Alexia.

Rocky se lo pensó, se puso a reír y dijo:

–**¡Pues ahora verán al gran Rocky!**

Empezó a correr por la pista, dio una voltereta y se puso sobre las patas de atrás mientras saludaba a la multitud.

Una parte del público empezó a gritar: «¡ROCKY, ROCKY, ROCKY, ROCKY!».

–**¡Muy bien, niños! ¡Por fin habéis entendido lo que hay que hacer para gestionar los celos!** En vez de fijarnos y compararnos tanto con los demás, hay que disfrutar con lo que nos pasa cada día… ¡Ganar no es solo vencer en el Coliseo! ¡Por eso digo que hay muchas formas de ganar! –dijo Florestán. Y metió el ala en su mochila para sacar algo–. **Aquí tenéis. Esta noche todos y cada uno de vosotros, a vuestra manera, habéis ganado la**

prueba –aseguró la gaviota, dándoles a todos relucientes medallas con un 10 grabado en el centro–. Ya podemos despedirnos –añadió, mirándolos con cariño.

–**¿Cuándo volverás, Florestán?** –preguntaron los niños rodeándolo.

–¡Volveré muy pronto! –aseguró Florestán–. Y seguiremos entrenándonos y viviendo aventuras para lograr el desafío más difícil y divertido del mundo, que es…

–**¡MEJORARSE A UNO MISMO!** –exclamaron a la vez todos Los Atrevidos entre risas.

–¿Nos hacemos un *selfie* para celebrarlo? –preguntó Florestán con una gran sonrisa.

ARRIVEDERCI, ATREVIDOS!

TALLER DE EMOCIONES: LOS CELOS

¿Qué son los celos? Los celos son el malestar emocional y la frustración que sentimos cuando tenemos miedo a perder algo; por ejemplo, la atención y el cariño de nuestros padres cuando nace un nuevo hermanito.

¿Qué diferencia hay entre celos y envidia? Sentimos envidia cuando deseamos tener algo de lo que creemos que carecemos (belleza, habilidad, un bien material…). A menudo, los celos tienen un componente de envidia, porque creemos que nos faltan cualidades para retener o alcanzar nuestras metas o el cariño de los demás… ¡y por eso los envidiamos!

¿Por qué existen los celos? A la naturaleza le ha interesado hacernos un poco celosos para estimularnos: «¡Despierta! ¡Ponte en marcha! ¡Compite! ¡No te quedes atrás!». Sacamos el mejor partido a nuestros celos cuando los transformamos en un sentimiento motivador que nos impulsa a conseguir nuevas metas.

¿Cómo sé si un niño está celoso? Algunos síntomas de que un niño tiene celos son su mal humor injustificado, su tristeza, cambios de humor, las quejas de que no le quieren, volverse más dependiente, comer peor, imitar a su hermanito en conductas que ya había superado (hacer pipí en la cama, imitar la forma infantil de comportarse o hablar de él…), dormir peor, resistencia a obedecer, peleas en el colegio con los compañeros, destrozar juguetes del hermanito…

¿Cómo puedo ayudar a mis hijos o alumnos cuando sienten celos? Los estudios revelan que cuanta menos autoestima tienes, más posibilidades existen de que sientas celos o envidia. ¡Fortalecer la autoestima es un excelente antídoto frente a los celos y a la envidia!

Para ayudar a tus hijos a gestionar los celos

1. ¡Sentir celos de vez en cuando es normal! Nadie, ni la persona más amable y generosa, puede vivir sin sentir celos alguna vez, aunque sea de forma transitoria. ¡Los celos son normales y corrientes!

2. Enséñale con tu ejemplo. ¡Eres su modelo! Recuerda que tu hijo o alumno aprende mucho más por lo que haces que por lo que dices. Por ello, ¡asegúrate de que sabes gestionar tus propios celos respecto a los talentos y posesiones de hermanos, amigos o vecinos!

3. Ayuda al niño o a la niña a reconocer lo que siente. Desdramatiza y explícale que ese sentimiento de «tengo celos» es corriente. Muéstrale también que puede elegir cómo reacciona ante sus celos: en positivo (motivándose) o en negativo (enfadándose y agrediendo).

4. Empodéralo frente a los celos. Cuando nuestros hijos y alumnos tienen «mentalidad de crecimiento» –es decir, son conscientes de que pueden entrenar su inteligencia y habilidades como un músculo– sentirán menos celos de los demás. Para consolidar esta mentalidad de crecimiento, desdramatiza sus fracasos, ayúdalo a sacar lecciones tras cada error y crea un entorno donde sea fácil pedir ayuda.

5. En casa y en la escuela... ¡no compares! Algunos niños son especialmente sociables, académicamente talentosos, atractivos... ¡Es tentador ponerlos de ejemplo y admirarlos! Pero los estudios muestran que los riesgos de celos son menores en los entornos donde hay **buena comunicación, igualdad de trato, afecto compartido... ¡y donde se evitan las comparaciones!**

6. Refuerza el comportamiento cooperativo en casa y en clase. Es otro de los antídotos frente a los celos y la envidia: encuentra regularmente momentos en los que puedan compartir, ayudarse, trabajar juntos y valorar sus esfuerzos.

7. Pídele su opinión. Si te preocupa que tu hijo se sienta arrinconado, muéstrale respeto y pídele su opinión; por ejemplo, sobre la decoración de la habitación del nuevo hermanito, sobre su ropa o los juguetes que puede dejarle… Explícale que su hermano le necesita y que podrá cuidarlo, protegerlo y enseñarle muchísimas cosas. ¡La familia es un trabajo de equipo!

Aquí tienes sugerencias prácticas para gestionar los celos…

Caja de estrategias

1. Juegos de agradecimiento. Cuando apreciamos nuestras posesiones materiales, características únicas y habilidades, tenemos menos razones para sentir celos de los demás. Algunas ideas:

- Compartid cosas por las que os sentís agradecidos durante una cena familiar con velas.
- Haced tarjetones de agradecimiento para las personas a las que queréis agradecer algo.
- Jugad a «cómo me sentiría sin…». Imaginad cómo sería vuestra vida sin las cosas o personas que os rodean.

- Haced un árbol de la gratitud. Fabricad un gran árbol y recortad hojas, donde poder escribir aquello que os hace sentir agradecidos. Añadid hojas al árbol durante algunas semanas, hasta llenarlo.

2. Juegos para consolidar la autoestima. El mensaje que tu hijo o alumno necesita es: «soy lo suficientemente bueno».

- Cread una «pared de cariño» en la que apuntar lo mejor que veis en los demás.
- Haced «cupones de amabilidad» donde anotar cosas que podéis regalar a vuestros amigos para darles una alegría («jugar a tu juego preferido», «prestarte mi juguete», «hacerte galletas»…). Imprimid o dibujad los cupones… ¡y regaladlos!
- Empezad un diario de asombro donde apuntar todas las cosas maravillosas que os rodean.

3. La «caza» de las palabras negativas. ¿Qué palabras o pensamientos negativos hemos dicho o tenido hoy? Jugad a «cazarlos» y reemplazadlos por mensajes más positivos. ¿Se ha llamado a sí mismo «tonto» porque le cuesta hacer unos deberes? Míralo a los ojos y explícale que las dificultades y los fracasos forman parte del aprendizaje, que son normales. ¡Y recuerda felicitarlo por sus esfuerzos y su valentía cuando los muestre!

4. El teatrillo de los celos. Jugad a hacer un teatrillo divertido sobre los celos. El teatrillo lo pueden hacer dos adultos que sienten celos, por ejemplo, de un abrigo nuevo que lleva uno de ellos. Invitad a los niños a explicar qué está pasando y cómo se puede mejorar la situación.

5. Ser mayor también tiene sus privilegios. Acordad esos privilegios especiales: él puede acostarse un poco más tarde, hacer algunas actividades especiales…

Hazlo tú mismo

En algunos países, llaman «monstruo de ojos verdes» a los celos y las envidias. Ayuda a tus hijos o alumnos a transformar ese monstruo de ojos verdes, que provoca malestar emocional y frustración, en un monstruito mucho menos desagradable y más útil. ¿Cómo? Con papel y lápiz, apuntad y dibujad aquello que está causando celos y pensad en formas de transformarlo. Encontraréis sugerencias en la próxima sección, «¿Sabías que...?».

¿Sabías que...?

Una de las lecciones más importantes que puedes enseñar a un niño es que, aunque existen muchas razones para sentir celos, podemos elegir una salida positiva a este sentimiento...

1. Celos por un nuevo bebé en la familia. (Está dolido: «ya no soy importante...»).
Reacción negativa: rabietas y llamar la atención.
Reacción positiva: lograr atención positiva siendo servicial, jugando con el bebé y disfrutando de ser un hermano mayor.

2. Celos por una nueva pareja para mamá o papá. (Está dolido: «ya no tiene tiempo para mí...»).
Reacción negativa: rabietas, mala educación y reclamar atención.
Reacción positiva: aprender a conocer al nuevo adulto, sentirse parte de una nueva familia y alegrarse por papá o mamá.

3. Celos por tu hermano o hermana mayor. («Es injusto que haga cosas que yo no puedo hacer…»).

Reacción negativa: pelearse, chinchar, destrozar o esconder cosas y «chivarse».

Reacción positiva: aprender a compartir, a ser asertivo, a negociar y a colaborar.

4. Celos por una persona enferma o que necesita mucha atención. («Ya no tenemos tiempo para disfrutar en familia…»).

Reacción negativa: sentirse culpable y mezquino, encerrarse en sí mismo e ignorar a la persona necesitada, y sentirse solo.

Reacción positiva: aprender a ser más independiente, a cuidar de los demás, a ser más responsable y a colaborar con la familia.

5. Celos por un amigo que deja de serlo… (Está enfadado y dolido, se siente solo).

Reacción negativa: resentimiento, querer vengarse y chismorrear.

Reacción positiva: hacer nuevos amigos, aprender de los errores, aprender a perdonar, comprenderse mejor a sí mismo y arreglar sus propios problemas.

6. Celos por los talentos de los demás… (Cree que no vale nada, se siente enfadado y solo).

Reacción negativa: chinchar, criticar, chismorrear y renunciar.

Reacción positiva: centrarse y reconocer sus propios talentos, aceptar que cada persona es única e intentar mejorar el propio rendimiento.

7. Celos por algo material. («¡Todos en mi clase tienen *tablet* menos yo!»).

Reacción negativa: rabia, impotencia y frustración.

Reacción positiva: comprender que cada familia tiene sus propias prioridades y limitaciones económicas, sentir gratitud por lo que sí se tiene y aprender a ahorrar para conseguir algo (esto refuerza la responsabilidad y ética del trabajo).

* Información adaptada de la Women's and Children's Health Network de Australia.

Primera edición: marzo de 2017

© 2017, Elsa Punset, por el texto
© 2017, Rocio Bonilla, por las ilustraciones
© 2017, Penguin Random House Grupo Editorial, S.A.U.
Travessera de Gràcia, 47–49. 08021 Barcelona
Diseño y maquetación: Araceli Ramos

Printed in Spain – Impreso en España

ISBN: 978-84-488-4771-5
Depósito legal: B-419-2017

Impreso en IMPULS 45
Granollers (Barcelona)

BE 47715

Penguin
Random House
Grupo Editorial